MOTIFS

Des Plaintes et Réclamations portées devant le Parlement d'Angleterre, le 7 juillet 1830, par M. L.-D. LEHEUT DELAVALLÉE, ancien avocat français,

CONTRE

Sir CHARLES COLVILLE, gouverneur de l'île Maurice, pour cause d'abus de pouvoir et d'actes arbitraires qui ont compromis la fortune du réclamant, et, par un coup d'autorité, l'avoir exposé, avec sa famille, aux dangers d'une navigation longue et périlleuse, pour le détourner de sa destination pour Londres, où ses griefs devaient être exposés.

PRÉLIMINAIRE.

Mᵉ Delavallée était à l'île Maurice depuis six ans. Il s'y était rendu en qualité de mandataire et partie intéressée au recouvrement de diverses successions, dont la portion à lui revenante lui assurait une somme d'au moins cinquante mille piastres,

montant des donations qui lui étaient faites à titre rémunéra-
toire.

En attendant ce résultat, il jugea convenable à ses intérêts,
et par suite de son ancienne profession, de consulter les affaires
qui lui seraient confiées, de rédiger des requêtes et pétitions sous
le nom des parties.

Vers le mois de février 1828, des notables de la population
libre de couleur le chargèrent de rédiger pour eux des adresses
pour le Gouvernement ; elles furent signées et présentées par eux
au gouverneur, sir Lowry-Cole, qui les en félicita par sa lettre
du 17 juin, insérée dans la Gazette de Maurice, n° 172, 19 juillet 1828. Elle est ainsi conçue :

A MM. Maingard et Pitchin (syndics) ; *Béguinot, Danne-
matin, Naya, Montvert, etc., etc.*

« Hôtel du Gouvernement, 17 juin 1818.

« Messieurs,

» J'ai reçu les adresses qui m'ont été présentées de la part de
» la population de couleur de cette colonie.

» Les sentimens de loyauté et d'attachement au Gouverne-
» ment de Sa Majesté, professés dans ces adresses, m'ont
» causé la plus vive satisfaction, et ce serait dissimuler mes
» propres sentimens que de paraître indifférent aux expressions
» qui me concernent personnellement, et qui s'appliquent à
» mon départ de la colonie.

» Je ne puis donner une meilleure preuve du vif intérêt que je
» prends au bonheur et à la prospérité de la population de cou-
» leur, qu'en lui recommandant de persévérer dans la même
» ligne de conduite loyale et paisible qu'elle a suivie pendant
» mon administration de cette colonie, et qui, en la menant

(3)

» journellement à l'aisance, à la richesse et à la considération
» dans la société, contribuera le plus à lui assurer ses droits
» à la faveur et à la protection du Gouvernement de Sa Ma-
» jesté.

» J'ai l'honneur d'être, Messieurs,

» Votre très humble et très obéissant
» serviteur,

» G. LOWRY-COLE,
» *Gouverneur et lieutenant-général.*»

(*Nota.* Il ne faut pas confondre la classe des esclaves avec la population libre
de couleur, dont l'affranchissement du plus grand nombre des familles remonte
à plusieurs générations, et dont celles actuelles possèdent des propriétés, ont
des établissemens de commerce, d'arts et métiers, et parmi eux des armateurs.)

La prospérité croissante de cette population, sa civilisation,
l'instruction donnée à la jeunesse qui se trouvait employée dans
les administrations, la considération que les familles distinguées
acquéraient chaque jour, déplaisaient à une faction déclarée depuis
long-temps ennemie des progrès des hommes de couleur dans
l'esprit du Gouvernement britannique, qui venait de les affran-
chir récemment de lois locales et vexatoires contre lesquelles
ils avaient réclamé à juste titre; ce qui fit penser à cette faction que c'était un acheminement aux hommes de couleur à
être admis dans les intérêts publics de la colonie. Ce droit, auquel la population libre aspirait, était bien légitime, puisqu'elle
est trois fois plus nombreuse et beaucoup plus riche que la
population blanche. Mais la faction, habituée à tenir éloignés des
délibérations les hommes de couleur, quoiqu'ils payassent
beaucoup plus de contributions que les blancs, ces derniers
seulement, ceux de la faction connue sous le titre de *table ovale*,
qui n'est ni nombreuse, ni estimée de la majorité des habitans,

1..

qui les tenaient, depuis des années, en minorité, ne voulaient pas leur émancipation.

Le gouverneur, sir Lowry-Cole, quitta la colonie vers la fin de juillet 1828, pour aller prendre le gouvernement du cap de Bonne-Espérance. Il fut remplacé par sir Charles Colville. Les factieux, que sir Lowry-Cole avait tenus en respect par la fermeté de son caractère, trouvèrent, dans sir Charles Colville, un homme peu expérimenté, par conséquent facile à conduire. Ils en profitèrent pour tenter de faire perdre à la population de couleur la faveur et la protection dont elle jouissait, et en même temps de rendre suspect aux yeux du nouveau gouverneur celui qui était le rédacteur des pétitions dont l'éloge ressort de la lettre de sir Lowry-Cole.

Ces factieux, en tête desquels étaient Adrien d'Épinay, avoué, et Prosper d'Épinay, récemment avocat du Gouvernement colonial, firent paraître un écrit anonyme en forme de placard, mis sous enveloppe et adressé à Adrien d'Épinay, qui présidait alors une assemblée.

Dans cet écrit anonyme, la population de couleur paraissait irritée contre cette assemblée et lui faire des menaces. Prosper d'Épinay porte cet écrit à M. Foisy, nouvellement en fonction de la charge de procureur général du Roi, et par un entendement avec les MM. d'Épinay et M. Lefèvre, président du tribunal de première instance, un réquisitoire est donné, un mandat d'arrêt est lancé contre M. Delavallée.

Le 8 août 1828, cet homme paisible, sexagénaire, estimé des deux populations, est arraché du sein de sa famille, les scellés apposés sur ses papiers, et conduit en dépôt dans la prison, où il est tenu au secret pendant six jours. Les factieux font courir des bruits alarmans sur de prétendues hostiles dispositions des gens de couleur. La police est en mouvement; mais tout est calme, aucun placard ne se trouve affiché. En vingt-quatre heures l'alarme a cessé, et le stratagème des alarmistes est connu. Sans dénonciation ni imputation de cet écrit anonyme, le gouverneur permet que le détenu reste en captivité pendant vingt-cinq jours sans être écroué; il est mis en liberté sur un décret d'ajournement personnel.

A la levée des scellés, on ne trouve dans ses papiers ni ailleurs aucune preuve, aucun indice qui permette qu'on soit en droit de lui rien reprocher. Cependant une information est suivie, et après cette information et examen par expert de l'écrit incriminé, il est reconnu que l'écriture contenue en icelui appartient à toute autre main qu'à celle de M. Delavallée. Aucune charge ne s'étant élevée contre lui, il est relaxé de la plainte non fondée portée arbitrairement contre lui par le procureur général, qui a dit à l'audience avoir agi précipitamment, parce qu'une personne, qu'il ne peut nommer, avait cru reconnaître de la similitude entre l'écrit anonyme et l'écriture de M. Delavallée. L'auditoire, qui était nombreux, n'a pu retenir son indignation. Ainsi, quatre mois ont été employés en subterfuges inutiles, pendant lesquels les factieux employaient toutes les ruses possibles pour exciter des troubles qui pussent faire croire à leurs supercheries. Ils firent défense aux jeunes gens de couleur d'entrer dans les cafés où les blancs se rendaient et où les gens de couleur avaient aussi l'habitude d'aller. Ils furent provoqués, ensuite dénoncés comme perturbateurs : un jugement inique les condamna. La masse de la population aperçut le piége et resta calme.

Par le jugement rendu, le 22 décembre 1828, en faveur de M. Delavallée, ses réserves de se pourvoir contre qui de droit lui sont accordées. Il ne restait plus rien à dire au juge; sa sentence ne pouvait souffrir aucune addition : la loi n'en permet aucune. Cependant il s'en est permis une qui est d'une telle absurdité, qu'elle ne mériterait pas qu'on y répondît; mais comme toute la procédure, dans cette affaire, est illégale, on ne sera par surpris de trouver ensuite du prononcé un fruit de l'imagination des prévaricateurs.

Cette addition est un *néanmoins*, portant, en somme, que M. Delavallée s'occupe de conseils et d'écritures pour diverses personnes, notamment pour la population libre de couleur, et qu'il entretient et fixe ainsi dans l'esprit de cette population des opinions et des résolutions qui pourraient devenir fatales ; que le Gouvernement en sera avisé.

De quoi veut-on que le Gouvernement soit avisé? Ce ne peut être que des pétitions approuvées par sir Lowri-Cole, qui certes ne présentent ni opinions ni résolutions qui portent un caractère de fatalité ! Quant à s'occuper de conseils et d'écritures, cela rentre dans le droit de faire usage de ses facultés intellectuelles. Cet extra-judiciaire est donc de la plus grande absurdité, et ne peut fournir la plus légère interprétation sur le principe moral des actions de M. Delavallée.

Conduite du gouverneur sir Charles Colville, et motifs de la Plainte contre lui.

Les outrages faits à M. Delavallée, le désordre mis dans ses affaires, un emprisonnement illégal, une procédure inique et l'attaque faite à son honneur, lui prescrivaient de rechercher les auteurs des actes arbitraires exercés sur lui pendant quatre mois; il s'en occupait très activement. Déjà une plainte était rédigée contre M. Foisy, procureur général, sur ses attentats envers le plaignant, et ses prévarications dans le cours de la procédure par lui intentée sans dénonciation ni imputation de l'écrit incriminé, lorsque, le 29 dudit mois de décembre, sept jours après le prononcé de la sentence qui décharge M. Delavallée de l'accusation portée contre lui et lui accorde toutes ses réserves, il est prévenu par M. le commissaire général de la police que

son excellence le gouverneur lui a donné ordre de le faire sor-
tir de la colonie, avec sa famille, dans le plus bref délai. M. le
commissaire général ajouta que « cet ordre n'étant pas motivé ;
» que ne voyant aucune raison qui pût donner lieu à une telle
» mesure de rigueur contre une famille dont les mœurs et la
» conduite sont irréprochables, et dont le chef a été injustement
» opprimé, il lui conseillait de faire une réclamation contre cet
» ordre, en éclairant le gouverneur sur l'erreur dans la-
» quelle il a dû être en le donnant. »

Le lendemain, M. Delavallée présenta lui-même à sir Charles
Colville une réclamation respectueuse, dans laquelle il lui dé-
nonce les manœuvres des factieux qui ont porté l'affliction dans
sa famille ; il lui donne les noms de plusieurs, notamment celui
de M. Foisy, procureur général, prévaricateur dans ses fonctions, qui aura à répondre de sa conduite devant ses juges com-
pétens.

Ce gouverneur, qui avait autorisé une détention arbitraire de
vingt-cinq jours, et souffert que le réclamant supportât une
procédure illégale pendant quatre mois, dans laquelle des chefs
de la justice se trouvaient compromis, informé des intentions
de l'opprimé de les poursuivre par toutes voies de rigueur, a,
au mépris de la loyauté anglaise et de ses devoirs, pris la ré-
solution de sauver les coupables, en sacrifiant l'honnête famille
qui avait des droits à sa protection. Par son ordre de départ, non-seulement il arrête le cours de la justice, ce que ne
se croirait pas en droit de faire le Roi lui-même, mais encore
il enlève les ressources de cette famille, il opère sa ruine.

Sir Charles Colville, insistant sur l'exécution de son ordre
arbitraire, M. Delavallée dut se pourvoir contre cet acte ty-
rannique, par une protestation motivée, qui fut reçue le 23 janvier 1829, par un notaire, au terme d'une ordonnance du juge,
mise à cet effet au bas d'une requête. Cette protestation, ainsi
que la requête, l'une et l'autre revêtues des légalisations vou-

lues par la loi, furent signifiées à sir Charles Colville, gouverneur, dans la personne du secrétaire de l'administration coloniale, qui apposa sur l'original son accusé de réception.

Le 26 dudit mois, la plainte contre M. Foisy, procureur général du Roi, pour cause de prévarication et d'attentats contre M. Delavallée, fut portée devant M. Blackburn, grand-juge et chef de justice; et le lendemain 27 la protestation fut signifiée, ainsi qu'il vient d'être dit. Par cette protestation, M. Delavallée déclare à sir Charles Colville, 1° le rendre personnellement responsable et garant des torts et préjudices qu'il porte, par son ordre de départ, aux intérêts dont il est chargé, comme mandataire, à ses propres intérêts et celui de ses enfans ;

2°. Qu'il se rendra en Angleterre, nonobstant l'intention manifestée de le faire partir pour l'île Bourbon, attendu qu'il a le plus grand intérêt d'aller en Angleterre pour s'y pourvoir pardevant sa très gracieuse majesté le Roi du royaume-uni de la Grande-Bretagne et d'Irlande, afin d'obtenir de sa justice tous dommages et intérêts, pour réparation des pertes, torts et préjudices que lui cause son excellence le gouverneur, par son ordre de quitter la colonie;

3°. Qu'il se rendra en Angleterre, mettant à la charge et sous la responsabilité de son excellence tous les frais de voyage et de séjour pour lui et sa famille, et généralement tous frais quelconques, nécessités pour leur départ forcé de la colonie, etc., etc.

Quelques jours après la signification de cette protestation, un des chefs de la police annonça à M. Delavallée, que le gouverneur, qui avait refusé d'abord le délai d'un mois qu'il lui avait demandé pour mettre ordre à ses affaires, venait de le lui accorder, à la satisfaction de ses collègues qui pensaient, ainsi que lui, que c'était un acheminement à ce que l'ordre de départ fût retiré.

Je vous remercie, ainsi que ces Messieurs, dit M. Delaval-

lée, de vos sentimens pour moi et ma famille. Le gouverneur est
un homme faible et trop mal entouré pour reconnaître la faute
énorme qu'il a commise, en prêtant son autorité à M. Foisy,
chef de la faction, contre lequel j'ai porté plainte le 26 janvier. Je crois bien, dit encore M. Delavallée, que, tant que
MM. les commissaires d'enquête de Sa Majesté, qui ont une
parfaite connaissance des intrigues de la faction et des faiblesses du gouverneur, seront dans la colonie, sir Charles Colville n'osera pas agir de violence; malheureusement ils doivent
partir à la fin du mois de février. Alors ceux qui redoutent mes
poursuites feront tous leurs efforts pour faire commettre à ce
gouverneur quelques attentats sur moi et ma famille : tout est
à craindre d'un homme sans caractère, qui ne connaît pas les
bornes de son autorité.

MM. les commissaires quittèrent la colonie vers la fin de février ou au commencement de mars; l'un d'eux, M. Blair, se
rendait en Angleterre, emportant avec lui, entre autres rap-
ports, celui concernant la conduite tenue par les autorités judi-
ciaires, et celle du gouverneur envers M. Delavallée et sa famille.
Les autres commissaires partaient pour l'île de Ceylan.

Acte de violence exercé par les ordres de sir Charles Colville.

Le 21 mars 1829, M. Delavallée est invité à se rendre à la
police; il s'y présente vers midi. Là, on lui demande s'il est prêt
à partir pour l'île Bourbon. Il répond qu'à cet égard il en
réfère à la protestation qu'il a fait signifier à S. Exc. le gouverneur, et, vu les motifs qu'elle renferme, il persiste à se
rendre en Angleterre; qu'il proteste contre toutes mesures
prises contre lui qui seraient contraires à sa déclaration, dont
il demande acte.

On lui demande s'il est prêt à fournir une caution de

2

1500 piastres, comme quoi il serait prêt à partir le lendemain
pour Bourbon, à la demande de la police. Il répond qu'il est prêt
à donner caution, si on lui assure son départ pour l'Angleterre ;
mais qu'il n'entend nullement se rendre à Bourbon avec sa famille, et qu'il n'obéira en cela que comme contraint, forcé. Acte
des demandes et réponses lui a été délivré.

M. le commissaire en chef adressa ainsi la parole à M. Delavallée : « C'est avec peine, Monsieur, que je suis forcé de vous
» consigner ici, jusqu'à ce qu'on vous ait conduit à bord du
» navire qui doit vous porter à l'île Bourbon. » M. Delavallée lui
répondit ainsi : « Monsieur, il est des devoirs, en effet, bien
» pénibles à remplir dans le poste que vous occupez ; mais l'é-
» quité qui vous caractérise, vous fait apporter, dans l'exercice
» de vos fonctions, tous les procédés que vous reconnaissez
» appartenir aux victimes des erreurs de l'autorité supérieure.»

On devait être embarqué le lendemain ; cela fut retardé d'un
jour, pendant lequel retard M. le commissaire général fit de
longues absences de l'administration, ce qui fait présumer qu'il
faisait des efforts auprès du gouverneur pour, l'amener à des
dispositions légitimes ; ce qui confirme cette opinion, ce sont ses
propres paroles : « Croyez, M. Delavallée, que je suis tourmenté
» depuis long-temps pour vous faire des chagrins, et que j'ai
» résisté autant qu'il m'a été possible. »

Le 23, vers les deux heures, la famille proscrite, forcée d'a-
bandonner son mobilier et généralement tous ses intérêts, ceux
qui lui étaient confiés, près de toucher diverses sommes d'ar-
gent, et n'ayant en sa possession que 10 piastres, est conduite
à bord du brick anglais *la Célia*, capitaine Badger, allant à Madagascar, mais devant relâcher à l'île Bourbon, pour y descendre quelques marchandises. On est arrivé sur la rade de
Saint-Denis le 5 à huit heures de matin. Le capitaine va de suite
à terre poury remettre ses dépêches.

Le lendemain matin, M. le commissaire général de la police

de cette colonie se rendit à bord du brick *la Célia*, demanda
M. Delavallée, et lui dit : « Je suis fâché, Monsieur, de vous
» annoncer que, pour le moment, vous ne pouvez communi-
» quer.....»

« Ma destination, Monsieur, dit M. Delavallée, est pour l'An-
» gleterre, où je me suis pourvu devant S. M. le Roi contre le
» gouverneur de l'île Maurice, suivant les pièces dont je suis por-
» teur, que je désire vous communiquer, s'il vous plait d'en
» prendre connaissance. »

M. Richy, commissaire général, après avoir pris lecture de
toutes les pièces, dit : « Voici des pièces bien importantes pour
» vous. La correspondance du gouvernement de l'île Maurice
» n'est nullement en rapport avec les pièces authentiques dont
» vous êtes porteur. La correspondance du gouverneur de Mau-
» rice vous présente au gouverneur de Bourbon comme homme
» dangereux à la colonie, raison pour laquelle il vous envoie
» à l'autorité française la plus voisine de son gouvernement.
» Sans les pièces authentiques et revêtues de la légalisation même
» de ceux qui vous calomnient, je vous eusse arrêté, j'en ai
» l'ordre ; mais je vais me retirer pour rendre compte de ce
» que jai vu, de ce que j'ai lu. Je pense que le gouvernement
» français de l'île Bourbon ne voudra point intervenir dans cette
» affaire, et qu'en ne vous autorisant pas à communiquer, il
» lèvera votre consignation à bord du brick sur lequel vous êtes
» avec votre famille. » Il se retira.

Le gouvernement de l'île Bourbon ne voyant aucun motif qui
pût l'autoriser à ôter la liberté à un français libre de ses actions,
mais croyant devoir rester étranger au différend élevé entre
M. Delavallée et le gouvernement anglais de l'île Maurice, décida de faire écrire la lettre suivante à M. Richy, commissaire
général, pour être transmise à bord du brick *la Célia.*

2..

« Saint-Denis, le 28 mars 1829.

» Le gouvernement français n'a pas le droit d'imposer des
» frais de passagers au gouvernement anglais. M. Delavallée est
» bien libre de retourner à Maurice ; mais le gouvernement de
» Bourbon ne peut l'y renvoyer ; il pourra seulement ne pas l'ad-
» mettre dans la colonie.

» Le directeur général,

» *Signé* BELLING DE LANCALTEL. »

M. Delavallée répondit qu'il était dans l'intérêt de sa cause de
faire connaître au gouvernement britannique que le gouverneur
de Maurice ne voulait point son admission dans l'île Bourbon,
présumant, avec raison, que là des actes seraient dressés
contre lui, et envoyés à Maurice, pour lui être signifiés. C'est
pour cette raison qu'il s'est avisé d'écrire d'insignes calomnies
contre sa victime, de manière à ce qu'elle ne fût pas reçue de
l'autorité française, et se trouvât obligée à suivre le navire à
Madagascar, où le capitaine serait obligé de déposer la famille
mise à son bord.

Le capitaine Badger, qui croyait descendre ses passagers à
l'île Bourbon, se trouva dans une singulière position à leur
égard. Il crut devoir en écrire au gouverneur de cette colonie,
qui lui fit la réponse suivante :

« Saint-Denis, le 31 mars 1829.

» Monsieur le capitaine,

» Je réponds à la lettre que vous m'avez fait l'honneur de
» m'écrire, en date d'hier, relative aux passagers que vous avez
» à votre bord, et dans laquelle vous me demandez mon conseil

» et mon assistance sur ce que vous devez en faire, et à qui
» vous devez vous adresser pour le remboursement de leur dé-
» pense journalière, pendant le temps de leur détention sur le
» bâtiment *la Célia.*

» Je pense que c'est au gouvernement de Maurice que vous
» devez vous adresser pour obtenir le remboursement des
» frais du séjour prolongé de vos passagers. C'est par l'ordre de
» l'autorité de Maurice que vous avez reçu à votre bord la
» famille Delavallée; je suis entièrement étranger à cette mesure.
» Ainsi donc, je vous le répète, il me semble que vous devez
» avoir recours à ceux qui sont venus mettre cette famille à
» votre bord.

» Le gouverneur de Bourbon,

» *Signé* Comte de CHÉFFONTAINE. »

Le capitaine Badger, en se chargeant de conduire à l'île
Bourbon la famille mise à son bord, ignorait qu'il fût porteur
d'infâmes calomnies contre elle. Il dit, avec énergie : « Je ne me
» rendrai point complice des attentats du gouverneur de Mau-
» rice sur cette famille. Elle viendra avec moi à Madagascar,
» mais je ne l'y déposerai pas. Je la ramènerai à l'île Bourbon,
» et, après y avoir débarqué ma cargaison, je la reconduirai à
» Maurice, où le Gouvernement français l'autorise à retourner.
» On aura pour elle tous les soins et les attentions dus au mal-
» heur non mérité. »

Ainsi s'est exprimé l'honnête capitaine Badger. L'on quitta la
rade de Bourbon le 16 avril, et l'on arriva en rade de Madagascar le 20. Une tempête horrible força de regagner le large;
on n'eut pas le temps de lever l'ancre; la chaîne fut rompue;
trois fois le navire a été près de sombrer. Enfin, le calme se ré-
tablit, le bâtiment reçoit sa cargaison de riz, et l'on est de retour en rade de Bourbon le 5 juin, à deux heures.

Le lendemain, le capitaine Badger profita d'un navire en partance pour l'île Maurice, à l'effet d'informer le gouverneur de cette colonie qu'il allait y reconduire la famille mise à son bord, qui n'avait point été reçue à Bourbon.

Sir Charles Colville, qui croyait ses victimes perdues au milieu des sauvages de Madacasgar, ne sait plus quelle conduite il va tenir à leur retour dans son gouvernement. Il n'a aucune action légale à exercer contre une famille française, libre de ses volontés, et à laquelle il n'a pas le droit d'assigner aucune destination, son pouvoir ne passant pas les rivages de l'île qu'il administre.

Les manœuvres de ce gouverneur sont connues de l'autorité française de Bourbon. Les habitans de l'île Maurice sont indignés de son acte de despotisme envers une famille dont la conduite est intacte et pour laquelle le droit des gens doit être sacré. Ne sachant comment s'opposer à la réception de cette famille dans la colonie, il s'avise de faire passer à Bourbon des fonds pour payer son passage en Europe, persuadé que, dans la position où elle se trouve, elle sera forcée d'accepter le passage.

Le 17 juin, on était encore sur la rade de Saint-Denis; M. Richy, commissaire général de police, vint annoncer à la famille Delavallée que le gouverneur de l'île Maurice, redoutant le retour de ses victimes, venait de mettre à la disposition de M. Gamin, négociant à Saint-Denis, une somme de 1200 piastres, pour le paiement de leur passage en France; que lui, Richy, était d'avis que l'on profitât d'un navire devant partir dans deux jours pour se rendre à Bordeaux; que de là ils pourraient se rendre en Angleterre, pour y faire valoir leurs réclamations; que de se rendre à Maurice, serait s'exposer à de nouveaux abus d'autorité de la part de sir Charles Colville. Il ajouta que M. le comte de Cheffontaine, gouverneur de Bourbon, pénétré des malheurs non mérités de la famille Delavallée, désirait lui témoigner ses regrets de n'avoir pu l'empêcher d'aller à Madagascar.

La famille alla à terre et fut présentée au gouverneur par
M. Richy. Elle fut reçue avec considération. M. de Cheffontaine
dit que, les choses s'étant fort éclaircies, il proposait à la famille,
dans le cas où le navire en partance ne lui conviendrait pas, de
prendre gîte dans la colonie jusqu'à ce qu'il se présentât une
autre occasion; que le capitaine du navire était un fort galant
homme, et qu'on n'est pas toujours certain d'en rencontrer. On
se décida à profiter de l'occasion.

Le 19, on mit à la voile pour Bordeaux. On y arriva le 13 octobre, après avoir couru tous les dangers et avoir même sup-
porté la privation des choses nécessaires à la vie, ce qui a
tellement altéré la santé et mis dans un état de dépérisse-
ment si prononcé, que trois mois suffirent à peine pour remettre
la famille dans la possibilité de se rendre en Angleterre, encore
la poitrine de M. Delavallée en est-elle restée altérée, ce qu'il ne
pouvait échapper, n'ayant pas quitté la mer pendant sept mois
consécutifs, et étant âgé alors de soixante-cinq ans.

La famille Delavallée arriva à Londres le 21 janvier 1830, dans
l'espoir bien fondé d'y trouver un terme à ses malheurs, par la
compensation des pertes qu'un administrateur anglais lui avait
fait éprouver, et par des dédommagemens des maux et des misères qu'il lui avait fait supporter.

Pour savoir à quelle autorité devaient être adressées ses réclamations, M. Delavallée écrivit à l'un des commissaires d'enquête de Sa Majesté, de retour en Angleterre. Il lui répondit
qu'un rapport officiel sur cette affaire avait été remis au secrétaire-d'état au département des colonies, sir George Murray;
que c'était à lui qu'il fallait adresser la réclamation, et qu'il
autorisait M. Delavallée à en référer à lui pour sa conduite et
ses affaires dans la colonie.

M. Delavallée, après avoir disposé les copies des pièces, au
nombre de treize, et rédigé sa réclamation et sa plainte, adressa
le tout à sir George Murray, secrétaire-d'état, le 24 février sui-

vant. A la suite de l'exposé des faits de sir Charles Colville, gouverneur de l'île Maurice, et de la situation malheureuse dans laquelle il a plongé la famille réclamante, un prompt examen de l'affaire est sollicité, afin d'obtenir un secours provisionnel, attendu que sa situation l'a mise dans l'obligation de contracter des engagemens pour pourvoir à sa subsistance.

Malgré la recommandation de l'ambassadeur de France, le duc de Laval, et les sollicitations du réclamant, il n'arrivait aucune solution. A la fin du mois d'avril, M. Delavallée étant dans les bureaux pour presser le rapport de son affaire, on lui répondit que les pièces avaient été soumises, ainsi que la réclamation, à M. Blair, l'un des commissaires d'enquêtes, étant de retour à Édimbourg. De suite M. Delavallée lui écrivit. Voici la réponse :

« Je suis bien aisé de vous dire que j'écrivis à sir George » Murray le 25 ou 26 avril ; il a donc dû la recevoir avant la » date de votre lettre. On m'avait envoyé du bureau colonial » votre Mémoire, en me priant de fournir au ministre l'infor-» mation que je possédasse capable d'affecter le mérite de vos » plaintes, et j'adressai ma réponse, marquée *privée et confi-*» *dentielle,* au secrétaire-d'état lui-même. Je vous prie, Mon-» sieur, d'avoir la bonté de me faire part de la réussite de vos » démarches auprès du ministre, etc., etc.

» J'ai l'honneur d'être, etc. »

Au reçu de cette lettre, M. Delavallée se rendit dans les bureaux du ministre, pour presser la réponse qu'il sollicitait ; on lui dit qu'il la recevrait sous peu de jours, le second rapport de M. Blair étant concordant avec le premier sur cette affaire.

Le peu de jours se prolongea jusqu'au 24 juin suivant, que la réponse arriva. Elle est ainsi conçue :

« Je suis chargé par le secrétaire, sir George Murray, de

» vous informer que, après la plus soigneuse cons:dération des
» volumineux papiers joints à votre plainte, il trouve qu'il
» est hors de son pouvoir de vous offrir aucune compensation
» pour votre déplacement de Maurice ; cependant qu'il regrette
» le personnel embarras occasioné à vous seul et à votre famille,
» par cet exercice particulier de l'autorité, lequel en ce cas de
» tout étranger, la loi a confié à la prudence du gouverneur ré-
» sidant sur le lieu.

» J'ai l'honneur d'être, etc.

» *Signé* Horace TWISS. »

Sir George Murray ne trouvant rien à opposer à la légitimité de la réclamation, mais ne voulant pas reconnaître les torts de sir Charles Colville, et forcé de faire une réponse, il la fait par une déclaration d'incompétence; il garde le silence sur l'article du secours demandé, d'où il résulte les tourmens les plus affreux pour une famille privée de son existence par le fait d'un agent anglais, sur les actions duquel le Gouvernement de Sa Majesté britannique ne peut rester indifférent.

Sir George Murray et sir Charles Colville étaient aides-de-camp du duc Wellington pendant la guerre contre la France; il n'est pas étonnant que, suivant le cours des faiblesses humaines, sir George Murray ait dérogé de ses principes d'équité en faveur de son ancien camarade. Sa déclaration d'incompétence ne le dispensait pas, en sa qualité de ministre des colonies, de renvoyer l'affaire au conseil de Sa Majesté; par-devant laquelle M. Delavallée s'est pourvu, par les actes signifiés à sir Charles Colville, notamment la protestation du 23 janvier 1829.

L'hôtelier qui avait accordé le crédit à M. Delavallée, dès le moment de son arrivée à Londres avec sa famille, ne voyant point arriver de provision, prit de l'inquiétude pour ce qu'on lui devait. Il se persuada qu'en exerçant un acte de rigueur

3

contre son débiteur, le ministre anglais enverrait payer sa dette aussitôt qu'il en serait informé. Le 27 juin, il le fit arrêter. Le même jour, madame en informa sir George Murray. Le lendemain 28, deux employés du ministère, dont un est M. Taylor, se rendirent chez le créancier de M. Delavallée, et lui dirent qu'ils étaient chargés par le ministre de faire des propositions à son débiteur; que s'il les acceptait, il serait payé de suite. De là ils vinrent trouver M. Delavallée, auquel ils dirent qu'ils venaient de la part de sir George Murray lui proposer de renoncer à ses réclamations contre le gouverneur de Maurice; qu'à cette condition sa liberté allait lui être rendue de suite et sa dette payée.

M. Delavallée leur répondit ainsi : « Vous ne me proposez, » Messieurs, que la liberté que l'on donne à un oiseau en lui » ouvrant sa cage, sans s'inquiéter où il trouvera sa nourri- » ture. Sir George Murray sait, et a la conviction, que mon » avenir, détruit par sir Charles Colville, se monte à dix mille » livres sterling (deux cent cinquante mille francs), mon exis- » tence courante arrêtée; les dépenses énormes depuis que » mes ressources sont anéanties; les dommages et intérêts dus » à ma famille pour toutes les misères que le gouverneur de » Maurice lui a fait éprouver : j'ai donc lieu d'être surpris de » votre proposition. Cependant, je suis disposé à faire cesser nos » maux par de grands sacrifices. Que le ministre assure une » honnête existence à ma famille, alors je renoncerai à mes » réclamations contre sir Charles Colville, son protégé. Veuillez, » Messieurs, porter ma réponse à sir George Murray. » Ils se retirèrent.

Sir George Murray, insensible aux souffrances de la famille opprimée, ne lui fit plus rien dire. Heureusement que l'ancien chef de la commission d'enquêtes à l'île Maurice, homme sensible et d'un mérite très distingué, connaissant la légitimité des réclamations de M. Delavallée contre sir Charles Colville, est venu à son secours, et au moyen d'une somme qu'il a payée au créancier, il l'a rendu à la liberté, et ensuite pourvu aux principaux besoins de la famille.

Le 7 juillet 1830, les réclamations furent portées à la Chambre des Communes; la pétition y fut présentée par un membre du Parlement. La session du Parlement touchait à sa fin, à cause de la mort du roi George IV. Après la lecture de la pétition, sir George Murray se leva et dit qu'il n'avait rien à reprocher au pétitionnaire, qu'il était disposé à venir à son secours. La Chambre, très occupée, crut devoir, d'après cette déclaration du ministre, ne pas nommer une commission au moment de sa dissolution.

Sir George Murray ne paraissant point s'occuper du secours promis, M. Delavallée lui écrivit, et joignit à sa lettre l'état de ses dettes. (Le Parlement avait cessé ses fonctions.)

Voici la réponse qu'il reçut :

« Downingtreet, 26 juillet 1830.

» Monsieur,

» Je suis chargé, par le secrétaire-d'état, sir George Murray,
» d'accuser la réception de votre lettre du 10 de ce mois, et
» d'une autre de madame Delavallée en date du 9, et dois faire la
» réponse suivante :
» Sir George Murray, quoiqu'il regrette la malheureuse si-
» tuation dans laquelle vous vous trouvez, ne peut vous offrir
» aucun secours, à moins qu'il ne soit distinctement entendu
» que vous ne formerez plus aucune réclamation d'une nature
» pécuniaire, soit sur les fonds de ce pays, soit sur ceux de la
» colonie.
» Quand il aura reçu de vous une déclaration que vous ne
» persistez plus à mettre en avant de telles réclamations, il sera
» disposé, d'après des considérations de compassion des in-
» convéniens auxquels vous êtes exposé dans un pays où vous

3..

» n'ayez ni parens ni amis, à donner ordre qu'il vous soit fourni
» tels moyens qu'il jugera suffisans pour votre retour en telle
» partie de la France que vous indiquerez.

  » J'ai l'honneur d'être , Monsieur,

     » Votre obéissant et humble serviteur,

        » *Signé* Horace TWISS. »

La communication de cette lettre donnée aux personnes qui
avaient une parfaite connaissance de la conduite du gouverneur
de l'île Maurice, excita un grand mécontentement, notamment
dans l'esprit des membres de la Chambre des Communes qui
étaient présens lorsque sir George Murray déclara être dans les
dispositions de venir au secours du pétitionnaire. On avait eu
peine à croire que la démarche faite le 8 juin par deux commis
des bureaux du ministère des colonies, près M. Delavallée, fût
autorisée par le ministre; mais cette lettre du 26 juillet ne laissa
aucun doute à cet égard.

Les jurisconsultes qui avaient fait connaître leur sentiment sur
cette affaire, y portèrent derechef leur examen. Tout en con-
sidérant l'action de sir Charles Colville comme un fait personnel
à lui, il n'en résulte pas moins que son acte arbitraire a été
commis en sa qualité de gouverneur de la colonie, et que le
Gouvernement britannique n'est point dégagé de la responsabilité des prévarications de son agent; que sir George Murray lui-
même le reconnaît par sa lettre du 26 juillet, dans laquelle il veut
que M. Delavallée renonce à former une réclamation d'une nature pécuniaire sur les fonds de ce pays (ce qui signifie le
Gouvernement d'Angleterre), et sur ceux de la colonie (ce
qui s'entend sur Charles Colville); que le ministre des colonies,
sir George Murray, ayant pris connaissance des plaintes et réclamations qu'il n'a pu contester, devait en faire lui-même le
renvoi au conseil de Sa Majesté, attendu que, par les actes

signifiés au gouverneur de Maurice, M. Delavallée s'y est pourvu que sir George Murray ne s'est détourné de la conduite qu'il devait tenir, que pour empêcher le rappel de sir Charles Colville, pour qu'il ait à rendre compte de sa conduite; qu'à la Chambre des Communes, ce ministre a manifesté être disposé à venir au secours du pétitionnaire, pour éviter encore que la Chambre ne fixât une provision, vu la situation des opprimés; qu'enfin, d'après ce qui s'est passé, il fallait, aux termes des lois anglaises, traduire sir Charles Colville devant un tribunal de la nation, pour y être jugé par un jury; que cette juridiction est incorruptible, et ne se détermine jamais autrement que par le droit des parties; mais que le ministre n'ayant point demandé le rappel de ce gouverneur, on était obligé d'attendre la fin de sa mission, qui n'aura lieu que dans dix-huit mois, hors le cas où quelque changement dans le ministère ferait opérer plus tôt son retour.

D'après cette consultation, M. Delavallée écrivit à l'un de ses protecteurs qui était à la campagne, pour lui demander ce qu'il devait faire dans cette occurence. Il lui répondit : « Que » ne pouvant continuer ses poursuites qu'au retour de sir » Charles Colville, il lui conseillait de rentrer en France avec » sa famille, pour attendre l'arrivée de ce gouverneur en An- » gleterre; qu'un de ses amis, membre du Parlement, et lui, en » faciliteraient les moyens. »

Ayant pris ses dispositions, M. Delavallée en informa son bienfaiteur, qui lui écrivit la lettre suivante, sous la date du 5 octobre 1830 :

« Monsieur,

» Comme vous m'informez que votre départ est arrêté pour » vendredi prochain, je m'empresse à vous envoyer la contri- » bution que fait un de mes amis, et dont je vous ai parlé, à

» laquelle j'ai ajouté une somme égale de mes propres fonds. En
» accusant la réception, ne faites pas mention de la dernière,
» mais seulement de la première, comme la contribution de
» M. Ridhy Colbome, qui effectivement m'a autorisé à le faire.

» Ayez la bonté de faire agréer à madame les sentimens de
» respect et d'estime avec lesquels je regarde sa conduite pleine
» de courage et de tendresse. Je lui souhaite aussi, à votre fa-
» mille vertueuse, un avenir plus heureux et plus digne des
» sacrifices qu'elle a faits. Je ne pretends pas, monsieur, mériter
» toutes les louanges que vous me prodiguez. Pénétré de l'in-
» justice et des torts dont vous et votre famille avez été les vic-
» times, et par les mains d'un administrateur anglais, je tâchais
» de vous procurer les moyens de les réparer : le moment nous
» a opposé des difficultés, et ma santé affaiblie les a augmentées.
» Je conserverai néanmoins les marques intéressantes de votre
» reconnaissance, et je vous prie d'accepter, aussi bien que
» tous les membres de votre famille, les vœux que je fais bien
» sincèrement pour la continuation de cette force morale et ver-
» tueuse avec laquelle vous avez combattu tant de malheurs.
» C'est avec ces sentimens que j'ai l'honneur d'être, monsieur,

» Votre serviteur très humble,

» *Signé* J.-J. BIGGE. »

Cette lettre a d'autant plus d'importance, que M. Bigge était
le chef de la commission d'enquête de S. M. Britannique à l'île
Maurice, et que personne ne connaissait mieux que lui la légitimité des réclamations de M. Delavallée, ainsi que le rapport
fait en sa faveur au ministère des colonies par messieurs ses
collègues.

Après tant d'infortunes et de souffrances de toute nature,
depuis le 8 d'août 1828, la famille opprimée rentre dans sa
patrie en octobre 1830. Elle y arrive avec de faibles ressources,
et M. Delavallée, malgré son âge avancé, est obligé d'y solliciter

de l'emploi pour fournir aux besoins de sa famille, en attendant le retour en Angleterre de sir Charles Colville, qui, par son envoi de douze cents piastres à l'île Bourbon, s'est reconnu lui-même débiteur des torts et préjudices auxquels ses actes arbitraires ont donné lieu.

———

Nota. Tous les efforts de la faction de l'île Maurice contre les hommes libres de couleur, soutenue par sir Charles Colville, gouverneur, n'ont pu empêcher leur émancipation, qui a été publiée, par ordre du gouvernement de Sa Majesté, vers le mois de novembre 1829. Ainsi les actes arbitraires exercés sur M. Delavallée dès le 8 août 1828, l'acte de violence de sir Charles Colville, du 21 mars 1829, n'ont pu conduire ce gouverneur qu'à une plainte grave contre lui et à des réclamations légitimes. En sorte que l'invention d'un écrit anonyme par la faction, toutes les supercheries qui s'en sont suivies, la proscription d'une famille honnête par sir Charles Colville, n'ont pu faire perdre à la population de couleur la faveur et la protection du gouvernement de Sa Majesté ; ce dont tous les honnêtes gens de la population blanche ont témoigné leur satisfaction, n'ayant jamais eu à se plaindre des négocians et autres personnes de couleur, dans les relations de commerce qu'ils ont entre eux.

L. H^r DELAVALLÉE.

Imprimerie de ALFRED COURCIER, rue du Jardinet, n° 12.

www.ingramcontent.com/pod-product-compliance
Lightning Source LLC
Chambersburg PA
CBHW061744180626
46818CB00006B/2740